AF249832

Mon second mot

par

Baour-Lormian

Mon œil les suit encor, de toutes parts errans.
Mûs par le même instinct sous des traits differens.

MON SECOND MOT.

PAR BAOUR-LORMIAN.

Qu'ils tremblent ces faux Dieux dans leur temple insolent;

Je l'ai juré : je veux vieillir en les sifflant.

GILBERT.

A PARIS,

Chez MARET, LARAN, et tous les marchands de Nouveautés.

An VI de la République.

MON SECOND MOT.

Ainsi donc sous leurs traits chacun a pu les voir,
J'ai placé devant eux un fidèle miroir ;
Eux-même, à sa vertu contraints de rendre hommage,
Ils ont pâli de honte en fixant leur image.
Quel courroux, justes Dieux, enflamme leurs esprits !
De confuses clameurs importunant Paris,
Les voyez-vous s'unir, se former en phalange,
Déchaîner Palissot, démuseler St.-Ange ?
Entendez-vous siffler la Clef du Cabinet ?
Entendez-vous mugir Garat, Jardin, Lucet ?
On dirait à leurs cris, à leur marche troublée,
Que dans ses fondemens la France est ébranlée.
L'un, rimeur étourdi, de près suivant mes pas,
Me lance un trait léger qui ne m'effleure pas;
Et l'autre, avec effort soulevant la Décade,
M'accable sous le poids de sa prose maussade.
Que leur ai-je donc fait? Dans mon vers odieux,
Ai-je encensé le crime ou blasphémé les Dieux ?
Non, j'ai ri seulement des écarts de leurs muses ;
Ces écarts sont pour moi d'assez bonnes excuses.
J'ai défendu le mont qu'ils voulaient envahir :
J'ai pu les mépriser : je ne sais point haïr.
D'ailleurs, par vos succès démentez ma sentence,
Au tribunal du goût prouvez votre innocence;

Messieurs, dictez des loix au lecteur étonné,
Et votre juge alors reste seul condamné.
Je ne mets plus de borne au zèle qui m'anime :
J'abjure pour Chénier, le père de Monime ;
Je cours dans nos boudoirs, d'un ton religieux,
Lire tout Ginguené, conter tout Andrieux ;
En faveur d'Atticus ma muse se dévoue :
Je suis prêt à louer le journal qui le loue ;
Au sein de la tribune, au milieu du sénat,
Je débite, à grand bruit, la prose de Garat ;
J'entoure Sautereau du sacré diadème ;
Je vais jusqu'à vanter... qui ?... Pankcouke, lui-même ;
J'abandonne Adrien aux brocards du public ;
J'effeuille les lauriers du peintre de Varvic ;
Et si ce n'est assez, dans ma sainte colère,
Je sème sous vos pieds les cendres de Voltaire.

D'un si beau dévouement vous seriez satisfaits !
Eh bien ! nobles guerriers, calculons vos hauts faits :
Avez-vous des talens aggrandi le domaine,
Et d'un nouvel éclat entouré Melpomène ?
Verrai-je dans sa cour vos disciples heureux,
Marchant d'un pas égal à des succès nombreux,
Fermes dans le chemin tracé par les Corneilles,
A mon siècle du moins rappeler leurs merveilles ?...
Ah ! vos drames pleureurs ne sont qu'un froid jargon,
Qu'un dégoûtant amas de sang et de poison ,

Qu'un mélange confus de malheurs et de crimes,
De tableaux surannés , de stériles maximes ,
De songes, de récits .... L'auditoire, en langueur,
Mesure avec effroi leur mortelle longueur.

Je fuis loin d'une scène à jamais profanée :
Je crois que des plaisirs Thalie environnée
Va réjouir mes yeux par un folâtre accueil....
Elle-même s'avance en longs habits de deuil.
Je ne reconnais plus ce théâtre, où Molière,
Sur nos moindres travers , épandait sa lumière ;
Où le pédant, le fourbe, et l'avare et le fat
S'offraient à nos regards, honteux de leur éclat ;
Où, par des traits malins, la foule réjouie,
Livrait à la gaîté son ame épanouie....
Bon, s'écrie un censeur blessé de cet écart,
N'avons-nous pas Colin ? Ignorez-vous Picard ?
Fussiez-vous plus caustique et plus attrabilaire...
— Il est vrai. Dorival, le vieux Célibataire,
Dignes de notre encens, l'obtiennent sans effort.
Mais qui peut retenir un trop juste transport,
Quand de cent baladins la horde grimacière
Ose mettre en crédit l'équivoque grossière ,
La froide allusion et le vain cliquetis
De pointes et de mots entr'eux mal assortis ?
Toute fois, si contens d'ennuyer le parterre ,
A la seule Thalie ils déclaraient la guerre,

Un public éclairé pourrait tromper leurs vœux ;

Et Louvois n'ouvrirait ses portes que pour eux.

Vains souhaits ! Une horde, en tous lieux répandue,

Me suit dans les sallons, m'assaille dans la rue,

Fatigue ses crieurs, à l'envi déchaînés ,

Et placarde l'ennui sur nos murs indignés.

Sous leurs doigts, à longs flots , sans cesse l'encre coule.

L'un sur l'autre portés, ils assiègent en foule

Le docile Laran, l'infortuné Maret.

L'un, du César français, barbouille le portrait ;

L'autre, de nos décrets , ardent panégyriste,

Pour rédiger la *Clef* se croit un publiciste.

Celui-ci, de *Burney* mutile les romans ,

Défigure les traits de ses héros charmans ,

Emprunte les pinceaux de la sombre *Radcliffe* ,

Des diables, des sorciers , ouvre la double griffe ,

Charge d'ombres, de morts, ses tableaux imposteurs ,

Et fait à chaque mot frissonner ses lecteurs.

Celui - là gauchement entasse les images ,

S'enivre sans pudeur de ses propres hommages ,

Par nos derniers neveux se croit déjà cité ,

Et proclame, à grands cris, son immortalité.

Tandis qu'importuné de ces fades merveilles ,

Chacun ferme ses yeux, ou bouche ses oreilles,

Quand tout un peuple baille , ils jouissent en paix.

L'ennui qu'inspire un sot ne le gagne jamais.

Où donc le Dieu des arts fixe-t-il son empire ?
Quoi ! lorsqu'en ces climats l'ignorance conspire,
Il n'est pas un réduit, un asyle écarté
Où ce Dieu bienfaiteur respire en sûreté ?
Quelle main renversa ces augustes colonnes,
Où quarante immortels suspendaient leurs couronnes;
Ce temple harmonieux, où, le front ceint d'éclairs,
Les déesses du Pinde entonnaient leurs concerts;
Où, rayonnaient au sein d'un vaste sanctuaire,
Ces feux, astres brillans du monde littéraire ?
Hélas ! où retrouver l'Olympe des beaux arts ?
Et comment réunir ses décombres épars ?
Ses prêtres ont perdu leur céleste délire ;
La foudre dans leurs mains a consumé la lire.
Eux-mêmes abreuvés d'opprobre , de revers,
Échangent leurs lauriers contre d'indignes fers.
Aux applaudissemens d'un peuple vil et lâche,
La tête de *Bailli* va rouler sous la hache.
Condorcet fuit le glaive au meurtre consacré ;
Il périt lentement, par la faim dévoré.
Près du terme fatal d'une illustre carrière,
Alors que les bourreaux vont fermer sa paupière ;
Lavoisier veut au moins différer ses tourmens
Pour enrichir les arts de ses derniers momens ;
Il demande un seul jour... on se tait... il succombe ;
Ses secrets, avec lui, s'abiment dans la tombe. ...

Encor si la patrie eût, par des soins tardifs
Secouru, rassemblé leurs rivaux fugitifs,
Si, payant à leur gloire un tribut authentique,
Elle les eût assis sous un nouveau portique !
Mais Delille languit sous de rustiques toîts ;
St. Lambert au silence a condamné sa voix :
Tous les fils d'Apollon, dont la France s'honore,
Long-tems ont fui la mort, et se taisent encore.

Cependant qu'ils erraient ; d'insolens écoliers
Usurpèrent leurs droits, et non pas leurs lauriers.
Les pédans et les sots , bruyante populace ,
Sur leurs trônes déserts osèrent prendre place.
Ils dictèrent des lois : le goût tremblant se tut ;
Et du sein du cahos vit jaillir l'Institut.
L'Institut, corps sans ame , obscur aréopage ,
Où la main du hazard , marquetant son ouvrage ,
Unit la pierre brute au rubis lumineux.
Tel , le Centaure offrait dans les temps fabuleux ,
A l'œil épouvanté de sa stature énorme ,
De l'homme et du coursier l'assemblage difforme.
Arrétez ! va me dire un censeur pétulant ,
Dont l'état a gagé le modique talent ,
Arrétez : l'Institut , si connu dans l'Europe....
— Oui , dussé-je emprunter la besace d'Ésope ,
Je veux à mes dédains donner un libre essor.
Que Cabanis s'irrite et me blasphême encor !

Ne puis-je fustiger tous ces nains qu'il révère ?
Le barbare, autrefois disséqua bien Homère !

Vous allez, je le sens, choqué de mes mépris,
Citer quelques auteurs dont je connais le prix ;
Vous armer du burin qui créa Virginie,
Du Ménandre Français m'opposer le génie,
Peindre Lalande au gré de l'art qui le conduit,
Soumettant au compas les astres de la nuit ;
Lagrange dévoilant les mystères d'Euclide,
Du Pline de Monbar qu'il a choisi pour guide ;
Lacépède achevant les sublimes travaux ;
David de Protogène éclipsant les rivaux,
Étalant l'univers sur la toile animée,....
Soit. Mais associer à tant de renommée,
Sélis, bouffi de Grec, le pâle Ginguené,
Fier du demi succès qui l'a tant étonné ;
Le comique Andrieux, dont la Muse traîtresse,
Regimbe en hennissant sous le fouet qui la presse ;
M'offrir aux mêmes lieux, bisarrement unis,
Domergue et Bitaubè, Colin et Cabanis,
Cabanis réprouvé d'Appollon, d'Esculape,
Qui craint peu qu'un malade, ou qu'un auteur échappe,
Qui frappe à coups pressés ; et dans ses jeux divers,
Mutile tour-à-tour les hommes et les vers !...
Absurdes Déités, qu'un autre vous encense !
Moi, fléchir devant vous, croire à votre puissance !

Applaudir aux écrits que j'ai su dédaigner !
Autant vaudrait les lire et presque les signer.
Mais rien ne les émeut. Leur sombre inquiétude
Veut convertir le Pinde en vaste solitude.
Ils mettent leur mépris, leur éloge à l'encan ;
Décernent tour-à-tour la palme et le *carcan*,
Condamnent leurs vainqueurs à la dernière place,
Rachètent le talent par l'excès de l'audace ;
Pressés de toutes parts, veulent tout effrayer ;
Et ferment le chemin qu'ils n'ont pu se frayer.
Leur secte autour de nous croit, pullule, fourmille.
Ils n'ont qu'un même esprit, ne font qu'une famille ;
Quiconque, d'un grand homme imitateur heureux,
Dans une prose exacte, ou dans des vers nombreux,
Suit en digne rival les pas de son modèle,
S'il n'est à chaque tour, à chaque mot fidèle,
S'il omet un accent, un seul point, dans l'oubli,
Grâce à leur saint courroux, se perd enseveli.
Pour eux l'arène est libre, et la couronne est prête.

Tandis que le génie au fond de sa retraite,
Alligne avec méthode un vers laborieux,
Qu'il respecte du goût les droits impérieux,
Que la rime toujours par la raison guidée,
Accorde sous sa plume et le mot et l'idée,
Que les regards ouverts sur ses moindres défauts,
Tremblant, dans chaque juge, il voit un Despréaux ;

Eux certains du succès , même avant que d'écrire ,
Maniant au hasard , les crayons et la lire ,
Imitent ces coursiers inquiets , vagabonds ,
Qui rompent leurs liens , qui s'échappent par bonds ,
Se fatiguent sans but ; et , franchissant la plaine ,
Dans les marais fangeux vont tomber hors d'haleine.
Ils entassent les vers , les roulent en ballot ,
Recommandent leurs noms aux presses de Didot ,
Et respirent déjà la publique louange.
Envain de tant d'orgueil leur opprobre nous venge ,
Envain l'art indigné de leurs obscurs pamphlets ,
Les enterre gaîment au bruit de ses sifflets ,
Ils blasphêment leur siècle , et leur Muse flétrie ,
Dit qu'on outrage en eux les loix et la patrie.

Eh ! messieurs , ces clameurs ne sont plus de saison.
Mépriser vos pareils , c'est venger la raison.
N'avez-vous pas créé l'affreux néologisme ,
Du poëtique Mont exilé l'atticisme ?
Et vous osez briguer l'honneur du premier rang ?
Non , non , l'école est là ; retournez à son banc.
Las enfin de poursuivre une vaine chimère ,
Feuilletez la syntaxe , apprenez la grammaire ,
Analysez Luneau , commentez Dumarsais ;
Qui veut charmer Paris , doit savoir le Français ,
Ce n'est pas tout encor , je veux que vos pensées
Tendent au même but , l'une à l'autre enlacées :

Que la logique alors les suive dans leur cours ,

Leur prête à chaque instant un utile secours ;

C'est peu que de rimer , j'exige qu'on raisonne ,

Vous donc qui prétendez à la double couronne ,

Sachez que pas à pas il faut s'en approcher ,

Et subir la lisière avant que de ~~chercher~~. *marcher*

Avec plus de rigueur gourmandant ses adeptes ,

Un autre ajouterait à ces humbles préceptes.

Lisez , vous dirait-il , nos poëtes fameux.

Que je retrouve en vous ce que j'admire en eux.

Usurpez hardiment leur magique opulence.

Pour péser vos trésors , saisissez leur balance :

Brillez de leur éclat.... j'honore ces avis :

Mais d'avance par vous , ils sont trop bien suivis.

Faut-il chanter Bellone ou bien la *calomnie* ,

Vous avez la mémoire au défaut du génie.

Je sais de quelle main vous allez emprunter ,

Et sans vous avoir lus , je puis vous réciter.

Trente auteurs pour orner vos ouvrages postiches ,

Ont trouvé tout exprès , les brillans hémistiches ;

Chacun de vous , messieurs , est un adroit larron ,

Et vous auriez usé le chapeau de Piron.

Mais à combien d'assauts mon audace m'expose !

Un ramas d'écoliers embrasse votre cause.

Remplis de vos leçons qu'ils débitent par-tout ,

Ils traversent Paris de l'un à l'autre bout ,

Me nomment hautement impie et sacrilége.
Petits roquets , envain votre foule m'assiége.
Dans la Décade , envain vous jappez à-la-fois ,
Vous mordillez envain et ma plume et mes doigts ,
De vos maîtres chéris le bataillon chancelle ;
Perdez-vous avec eux dans la nuit éternelle.
Eh ! ne regrettez pas leur empire détruit.
Jamais sans les sifflets ils n'auraient fait de bruit.

D'ailleurs , ils n'ont subi qu'une métamorphose ,
Grace au système heureux de la métempsicose ,
Mon œil les suit encor , de toutes parts errans ,
Mûs par le même instinct , sous des traits différens.
En dépit de la mort ils tourmentent le monde.
Ils se croisent dans l'air , ils se roulent dans l'onde ,
Et toujours affamés , venimeux et rampans ,
Hurlent en loups cruels , ou sifflent en serpens.
Saint Ange radieux , poussant un cri de joie ,
S'élève pésamment sur les ailes de l'oie.
Clément avec fureur , s'agite dans son trou ,
Et maudit la clarté si fatale aux hibou ;
L'orgueilleux éditeur de l'almanach des Muses
Range sous ses drapeaux un bataillon de Buses ;
Cabanis , digne chef des Corbeaux assemblés ,
Rode autour des cercueils que lui-même a peuplés.
Un Singe grimacier , au quai de la Ferraille,
Par ces burlesques tours attire la canaille ,

Insulte le passant et fait rire le sot.

Ah ! je le reconnais, c'est lui, c'est Palissot ;

Lucet présente au bât, son dos humble et fidelle.

Sur le gazon naissant bondit la Sauterelle ;

Sa petitesse, hélas ! la dérobe à mes yeux ;

Elle fuit . . . je l'atteins, et j'écrase Andrieux ;

Sélis devient Ciron ; Théodore croasse

Dans un étang bourbeux son unique parnasse.

Le célèbre Atticus et ses doctes amis

Veulent gravir un mur, diligentes fourmis,

Et, quand chargés d'un grain ils tentent l'escalade

Je crois les voir grouppés autour de la Décade.

Pankoucke, vers Plutus prit un essor heureux.

Les livres, les journaux allaient combler ses vœux,

Il s'approchait du but. Ses guides le déroutent ;

Il n'est plus qu'un chardon et des ânes le broutent.

Et voilà donc le prix des plus nobles efforts.

On a lu les écrits et les auteurs sont morts :

Sous mes coups dans la tombe on les a vus descendre...

Que l'oubli de son voile enveloppe leur cendre.

N O T E S.

Entendez-vous mugir Garat, Jardin , Lucet.

On peut l'avouer, quelques prétentions littéraires seraient permises à Garat, mais au pauvre Lucet.... Une seule page de son journal des Dames vous convaincra de sa nullité. Femmes charmantes, vous dont les beaux yeux ne doivent se reposer que sur des roses ou des vers qui en ont la fraîcheur, que je vous plains si vous lisez ceux qu'il vous adresse; et cet embrion littéraire veut dicter des oracles, et il juge sans appel ! qu'avec raison on pourroit lui appliquer, ainsi qu'à ces dignes collaborateurs ce passage d'une épître de Pope :

    « Ah ! je connais trop bien nos graves aristarques,
    » Stériles en génie , et féconds en remarques ,
    » Le zèle, le travail, la mémoire , ils ont tout
    » Excepté du bon sens , de l'esprit et du goût. »

Le barbare autrefois disséqua bien Homère.

Dans les notes du poëme des mois se trouvent quelques fragmens d'Homère mis en vers par Cabanis. L'infortuné Roucher, malgré les éloges qu'il prodigue à son génie *naissant,* n'a pu lui conquérir l'immortalité.

Condorcet fuit le glaive au meurtre consacré.

J'aurais pu ajouter aux noms de ces illustres victimes ceux de Roucher , et d'André Chénier. Mais long-temps avant moi, plusieurs hommes de lettres ont jetté des fleurs sur leur tombe. Joseph Chénier , lui-même , vient récemment d'honorer la mémoire de son jeune frère. Ses regrets où respirent la sensibilité la plus profonde, et une douleur qui n'est point simulée, suffisent pour éteindre un soupçon que la calomnie a vainement voulu accréditer. Que n'est-il aussi facile de le croire un bon poëte qu'innocent d'un pareil forfait !

Vous armer du burin qui créa Virginie.

Allusion à Bernardin-de-Saint-Pierre, auteur du roman qui porte ce titre.

Du Pline de Monbar.....

Monbar est une terre située en Bourgogne, que Buffon habitoit presque toujours.

David de Protogène éclipsant les rivaux,

Protogène était un fameux peintre de l'antiquité; tout le monde connoit la manière ingénieuse dont Apelle, attiré à Rhodes par le bruit de sa réputation, se fit connoître à lui.

Et vous auriez usé le chapeau de Piron.

Un jeune homme lisait à Piron une tragédie. Ce dernier, qui écoutait avec beaucoup d'attention chaque vers, levait fréquemment son chapeau. L'auteur, surpris, lui demanda la raison de cette pantomime. Monsieur, répondit Piron, c'est que j'ai l'habitude de saluer les personnes de ma con-naissance par-tout où je les rencontre.

De l'Imprimerie de G.-F. GALLETTI, rue Honoré, n°. 1499, vis-à-vis le ci-devant hôtel de Noailles.

www.ingramcontent.com/pod-product-compliance
Lightning Source LLC
LaVergne TN
LVHW050435060726
842526LV00007B/2605